La
et
le lièvre

Dorothy Sword Bishop

National Textbook Company
a division of *NTC Publishing Group* • Lincolnwood, Illinois USA

Chers amis:

Ce livre est pour vous—ou si vous parlez français et apprenez l'anglais, ou si vous parlez anglais et apprenez le français, ou si vous pouvez parler et lire les deux langues. L'histoire est intéressante et facile à lire, et vous aimerez sans doute les images. Elles vous feront rire.

Maintenant vous allez lire une fable. Les personnages d'une fable sont des animaux, mais la morale d'une fable s'applique aux humains. La fable que vous allez lire est l'histoire d'une tortue et d'un lièvre. Après l'avoir lue, vous devriez penser à la morale.

"Lulu et Merlin" est une fable. Il y a beaucoup d'autres fables. Si vous voulez en lire plus, il y a aussi "Léonard et Raymond" et "Brigitte et Simone."

1995 Printing

Copyright © 1978 by National Textbook Company
a division of NTC Publishing Group
4255 West Touhy Avenue
Lincolnwood (Chicago), Illinois 60646-1975 U.S.A.
All rights reserved. No part of this book may
be reproduced, stored in a retrieval system, or
transmitted in any form or by any means, electronic,
mechanical, photocopying, recording or otherwise,
without the prior permission of NTC Publishing Group.
Printed in Hong Kong.
Library of Congress Catalog Number: 72-80084

5 6 7 8 9 SC 9 8 7 6

Voici l'histoire d'une course célèbre entre une tortue et un lièvre.

La tortue s'appelle Lulu, et le lièvre s'appelle Merlin.

Lulu et Merlin sont amis.

Mais un jour Merlin le lièvre s'impatiente.
Il n'est pas gentil.

Il dit à la tortue: "Mais pourquoi est-ce que tu
ne cours pas et ne sautes pas comme moi?

4

Tu marches si lentement."

Lulu la tortue est triste.

Puis elle se fâche un peu.

Lulu la tortue dit a Merlin le lièvre: "C'est vrai
que je marche lentement, mais faisons une course.
On va voir qui va plus vite."

Merlin le lièvre est étonné.

Merlin le lièvre tombe par terre et se moque
de la tortue. Il éclate de rire et crie: "Ha,
ha, ha! Ha, ha, ha!

Oh ma chère amie, tu ne peux pas faire une course!"
crie Merlin le lièvre quand il reprend haleine.
Et il rit encore une fois.

"Mais si! Je le peux bien" dit Lulu la tortue. "Je veux faire une course avec toi."

"Eh bien, si tu veux faire une course, tu l'auras,
ta course" dit le lièvre.

"Appelons notre ami le renard.
Il peut juger la course."

Les deux amis, Lulu la tortue et Merlin le lièvre,
parlent avec le renard. Le renard les écoute, mais
il est un peu étonné.

Cependant il dit: "Très bien, mes petits amis. Quand je laisse tomber mon mouchoir blanc, courez jusqu' au grand arbre près du marché. C'est à 5 kilomètres d'ici."

Lulu la tortue et Merlin le lièvre sont prêts.
Ils regardent le renard. Le mouchoir tombe et
la course commence!

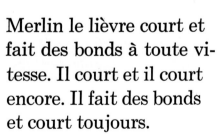

Merlin le lièvre court et
fait des bonds à toute vi-
tesse. Il court et il court
encore. Il fait des bonds
et court toujours.

Puis il se dit: "Pourquoi est-ce que je cours si vite? Lulu doit courir très lentement. Ça me donne beaucoup de temps. Je vais faire une sieste."

Lulu la tortue marche, et marche encore, et continue à marcher lentement, mais sans s'arrêter. Lentement la tortue fait un kilomètre, deux kilomètres...

trois kilomètres . . .

quatre kilomètres . . .

Pendant ce temps le lièvre dort. Il dort profondément et il ne sait rien.

Tout à coup il se réveille! Il se demande:
"Où suis-je? Qu'est-ce qui se passe?" Ses
oreilles se dressent. Il s'ouvre les yeux.
Il écoute et entend un bruit doux. Le lièvre se lève et regarde autour de lui. Oh,
là là! C'est Lulu la tortue!

Merlin le lièvre court après Lulu la tortue. Il
court très vite. Il fait aussi des bonds.

Mais c'est trop tard.

Lulu la tortue arrive au bas de l'arbre.
Elle gagne la course!

31

Un moment après, Merlin le lièvre arrive.
Il ne peut pas dire un mot; il est épuisé.
Mais il ne gagne pas la course.

Lulu la tortue sourit et dit d'une voix douce: "Ah
mais! C'est qu'on va loin petit à petit."

The Tortoise
and
the Hare

Dear Boys and Girls:

This book is written especially for you—if you speak French and are learning English, if you speak English and are learning French, or if you speak and read both languages equally well. It is interesting and easy to read, and you will certainly enjoy the pictures. They are sure to make you laugh!

Now you are going to read a fable. A fable is a story that teaches a lesson about people, even though most fables are about animals. The story you will read is about a turtle and a rabbit. After you read it, see if you can tell what the message of the fable is.

"Lulu and Merlin" is just one of many fables. If you want to read more, there is "Leonard and Raymond," and "Brigette and Simone."

This is the story of a very famous race between a turtle and a rabbit.

The turtle's name is Lulu, and the rabbit's name is Merlin.

Lulu and Merlin are friends.

But one day Merlin the rabbit is impatient.
He is not nice.

He says to Lulu, the turtle, "Why don't you run
and jump like me?"

You walk so slowly.

Lulu the turtle is sad.

Then she is a little angry.

Lulu the turtle says to Merlin the rabbit, "It's
true, I walk slowly, but let's have a race. And
we'll see who goes faster."

Merlin the rabbit is very surprised.

Merlin the rabbit falls on the ground and laughs
at the turtle. He laughs and laughs and shouts,
"Ha, ha, ha! Ha, ha, ha!"

"Oh, little friend, you can't run a race!" says
Merlin the rabbit when he can talk. And he
laughs again.

11

"Oh yes I can," says Lulu the turtle.
"I want to run a race with you."

"Well, if you want a race, you are going to have
a race," says the rabbit.

"Let's call our friend, the fox. He can
watch the race."

The two, Lulu the turtle and Merlin the rabbit, talk to the fox. The fox listens to them, he is rather surprised.

But he says, "Very well, little friends. When I drop my white handkerchief, run to the big tree near the market. It is five miles from here."

Lulu the turtle and Merlin the rabbit are ready.
They look at the fox. The handkerchief falls and
they begin the race!

18

Merlin the rabbit runs and
jumps very fast. He runs and
runs. He jumps and runs.

Then he thinks, "Why am I running so fast? Lulu has to run very slowly. I have a lot of time. I'm going to take a nap."

Lulu the turtle walks, and walks, and walks, slowly, but without stopping. Slowly the turtle goes one mile, two miles . . .

three miles

four miles

Meanwhile the rabbit sleeps. He sleeps soundly and he knows nothing.

Suddenly he wakes up! He thinks, "Where am I? What's happening?" His ears stand up. He opens his eyes. He listens and hears a soft sound. The rabbit gets up and looks all around. "Oh, oh, oh! It is Lulu the turtle!"

Merlin the rabbit runs after Lulu the turtle. He runs very fast. He jumps too.

But it is too late.

Lulu the turtle reaches the foot of the tree. She
wins the race!

31

In a moment Merlin the rabbit arrives. He can't talk. He is very tired, but he doesn't win the race.

Lulu the turtle smiles and says in a gentle voice,
"One goes far little by little!"

NTC FRENCH TEXTS AND MATERIAL FOR YOUNG PEOPLE

Computer Software
French Basic Vocabulary Builder on Computer

Language Learning Material
NTC Language Learning Flash Cards
NTC Language Posters
NTC Language Puppets
Language Visuals

Exploratory Language Books
Let's Learn French Coloring Book
My World in French Coloring Book
L'Alphabet
French for Beginners
Getting Started in French
Let's Learn French Picture Dictionary
French Picture Dictionary

Language Development Texts
Aventures
   Student Books, Levels 1 and 2
   Workbooks, Levels 1 and 2
   Teacher's Manuals, Levels 1 and 2
   Cassettes, Levels 1 and 2
   Flash Cards
Comment ça va?
   Song Cassette
   Songbook
   Resource and Activities Book
   Teacher's Manual

Bilingual Fables (filmstrip/audiocassette/books)
The City Mouse and the Country
   Mouse/La souris de la ville et la
   souris de la campagne
The Tortoise and the Hare/La tortue
   et le lièvre
The Lion and the Mouse/Le lion et la
   souris

Culture—in English
Let's Learn about France
Getting to Know France
Welcome to France
Christmas in France

Reading Materials
Simone fait bonne impression
Il était une fois (book/audiocassette)

Song Cassettes with Songbook
Songs for the French Class
Quand tu seras grand

For further information or a current catalog, write:
National Textbook Company
a division of *NTC Publishing Group*
4255 West Touhy Avenue
Lincolnwood, Illinois 60646-1975 U.S.A.